Recueil composé de 9 pièces dont 4 ont été retirées, savoir

F. Ogier, Panégyrique de la mère de A. le Chabanne 1650

le Lendemain de fortune ... 1650

A. Godeau. la grande chartreuse 1650

G. Saffin. les triomphes ... de la vie de la Dlle de Lignemont 1650

LES OEVVRES DE SCARRON

A PARIS Chez Toussaincts Quinet au Palais auec Priuilege du Roy

1649

LA RELATION VERITABLE,

De tout ce qui s'eſt paſſé en l'autre Monde, au combat des Parques & des Poëtes,

Sur la mort de VOITTVRE.

Et autres pieces Burleſques,

Par MR SCARRON.

A PARIS,

Chez TOVSSAINCT QVINET, au Palais, ſous la montée de la Cour des Aydes.

M. DC. XLVIII.

AVEC PRIVILEGE DV ROY.

AV LECTEVR, QVI NE M'A IAMAIS VEV.

LECTEVR, *qui ne m'as iamais veu, & qui peut-estre ne t'en soucies gueres, à cause qu'il n'y a pas beaucoup à profiter à la veuë d'vne personne faite comme moy; Sçache que ie ne me soucierois pas aussi que tu me visses, si ie n'auois appris que quelques beaux esprits facetieux se resioüissent aux despens du miserable, &*

me depeignent d'vne autre façon que ie ne suis fait. Les vns disent que ie suis cul de jatte; les autres que ie n'ay point de cuisses, & que l'on me met sur vne table dans vn estuy où ie cause comme vne Pie borgne, & les autres que mon chapeau tient à vne corde qui passe dans vne poulie, & que ie le hausse & baisse pour salüer ceux qui me visitent. Ie pense estre obligé en conscience de les empescher de mentir plus long-temps, & c'est pour cela que i'ay fait faire la planche que tu vois au commencement de mon Liure. Tu murmureras sans doute; car tout Lecteur murmure, & ie murmure comme les autres quand ie suis Lecteur; Tu murmureras, dis-je, & troueras à redire, de ce que ie ne me monstre que par le dos. Certes ce n'est pas pour tourner le derriere à la compagnie, mais seulement à cause que le conuexe de mon dos, est plus propre à receuoir vne inscription, que le concaue de mon estomac, qui est tout couuert de ma teste penchante, & que par ce costé là, aussi bien que par l'autre, on peut voir la situation, ou plustost le plan irregu-

lier de ma personne. Sans pretendre de faire vn present au public, (car par Mesdames les neuf Muses, ie n'ay iamais esperé que ma teste deuint l'original d'vne medaille.) Ie me serois bien fait peindre, si quelque Peintre auoit osé l'entreprendre. Au defaut de la peinture, ie m'en vay te dire à peu pres comme ie suis fait.

I'ay trente ans passez, comme tu vois au dos de ma chaise. Si ie vay iusqu'à quarante, i'adiousteray bien des maux à ceux que i'ay desia soufferts depuis huit ou neuf ans. I'ay eu la taille bien faite, quoy que petite. Ma maladie l'a racourcie d'vn bon pied. Ma teste est vn peu grosse pour ma taille. I'ay le visage assez plein, pour auoir le corps tres-décharné: Des cheueux assez, pour ne porter point de perruque; I'en ay beaucoup de blancs, en dépit du Prouerbe. I'ay la veuë assez bonne; quoy que les yeux gros, ie les ay bleus; I'en ay vn plus enfoncé que l'autre, du costé que ie penche la teste. I'ay le nez d'assez bonne prise. Mes dents autresfois perles carrées, sont de couleur de bois, & seront bien tost de cou-

leur d'ardoise. I'en ay perdu vne & demie du costé gauche, & deux & demie du costé droit, & deux vn peu égrignées. Mes jambes & mes cuisses ont fait premierement vn angle obtus, & puis vn angle égal, & enfin vn aigu. Mes cuisses & mon corps en font vn autre, & ma teste se penchant sur mon estommac, ie ne represente pas mal à vn Z. I'ay les bras racourcis aussi bien que les jambes, & les doigts aussi bien que les bras. Enfin ie suis vn racourcy de la misere humaine. Voila à peu pres comme ie suis fait. Puisque ie suis en si beau chemin, ie te vais apprendre quelque chose de mon humeur. Aussi bien cet Auant-propos n'est fait que pour grossir le Liure à la priere du Libraire, qui a eu peur de ne retirer pas les frais de l'Impreßion. Sans cela il seroit tres-inutile, außi bien que beaucoup d'autres. Mais ce n'est pas d'aujourd'huy que l'on fait des sottises par complaisance, outre celles que l'on fait de son chef.

I'ay tousiours esté vn peu colere, vn peu gourmand, & vn peu paresseux. I'appelle

souuent

ſouuent mon valet ſot, & vn peu apres Monſieur. Ie ne hay perſonne. Dieu vueille qu'on me traitte de meſme. Ie ſuis bien aiſe quand i'ay de l'argent, & ſerois encor plus aiſe ſi i'auois la ſanté. Ie me reſiouys aſſez en compagnie. Ie ſuis aſſez content quand ie ſuis ſeul. Ie ſupporte mes maux aſſez patiemment; Et il me ſemble que mon Auant-propos eſt aſſez long, & qu'il eſt temps que ie le finiſſe.

A MESSIEVRS MES CHERS AMIS MENAGE ET SARRAZIN, OV SARRAZIN ET MENAGE.

MESSIEVRS MES CHERS AMIS,

C'eſt faire d'vne pierre deux coups, que de dedier en meſme temps vn ſeul Liure à deux perſonnes. Ie ne ſçay ſi i'ay droit de me ſeruir d'vn tel Prouerbe, moy qui ſuis eſtropié des pieds & des mains: & ſi ce n'eſt point introduire vne nouueauté dans la Dedicatoire. Mais ie ne me pique pas d'eſcrire correctement, & ie fais fort bien de m'eſpargner vne Epiſtre liminaire, n'en ayant deſia que trop fait, & en ayant beaucoup à faire, ſi i'ay la conſtance d'acheuer l'Eneide Burleſque. Le Liure que ie vous dedie contient enuiron mille Vers. Chacun de vous en aura cinq cens pour ſa part. Vous en meritez ſans doute dauantage. Auſſi auois-je fait deſſein d'y adiouſter vn petit Roman, que i'ay commencé il y a quelque temps, qui promettoit quelque choſe. Mais par malheur, ou par ma faute, ie n'ay pû empeſcher mon Heros, d'eſtre condamné à eſtre pendu à Pontoiſe, & cette penderie là est si vray-semblable, que ie ne croy pas la pouuoir changer en quelque autre auanture, sans donner vne mauuaise suitte à mon Roman, & faire vne faute de iugement.

Foin, au lieu de m'estendre sur les loüanges, comme c'est la coustume; ie me suis si fort esloigné de mon sujet, que ie ne sçay si i'y pourray retourner. Pas trop foin pourtant; il vaut mieux tard que iamais; & ie puis faire mon Epistre tant longue que ie voudray. Tenez-vous donc bien, ie m'en vay vous loüer le plus fort que ie pourray. Mais par où commenceray-je? Ou par où ne commenceray-je point? Certes

Comme en cueillant vne guirlande,
On est d'autant plus trauaillé,
Que le parterre est esmaillé
D'vne diuersité plus grande.

Ie ne fus iamais si empesché de ma

vie. Vous estes les deux plus beaux esprits de la robe & du manteau court. Vous possedez les Langues estrangeres, aussi bien que les possedez. Vous sçauez toutes les finesses de la nostre. Vous estes inimitables en Prose & en Vers, & les plus clair-voyans de tous les Critiques. L'vn de vous deux sçait danser, chanter & ioüer des instrumens,

Sans parler de la Lyre,
Cela s'en va sans dire.

Pour tirer de l'arc, saulter & lutter, ie n'en sçay rien: mais ie ne voudrois pas iurer qu'il n'y sceust quelque chose. Dans les conuersations il n'y a que pour vous; on vous monstre au doigt dans les ruës. Vous estes bons, beaux, gracieux, iouieux, courtois, liberaux & mesme vaillans & amoureux, si vous auiez à l'estre, quoy que vos profeſſions vous diſpenſent du premier: & pour le ſecond, ie ne doute point,

Que vous ne ſçachiez bien ce que c'eſt que l'amour,
Et que dans vos ieunes années,
Ce Dieu qui ſe plaiſt fort chez les ames bien nées,
N'ait fait chez vous quelque ſejour.

Enfin vous eſtes de veritables Vertueux, & tels, que quand quelqu'vn veut faire l'entendu, il dit; Ie viens de chez Menage; Ie m'en vay voir Sarrazin. Menage & Sarrazin me viennent de quitter. Et moy-meſme qui vous parle, quand quelqu'vn de vous, ou tous deux enſemble m'eſtes venus voir, ie ne puis m'empeſcher de le dire à tout le monde, & bien ſouuent deux ou trois fois à vne meſme perſonne, en quoy ie reconnois qu'il y a de la vanité en mon fait. Mais ne vous fais-je point rougir? Car vous estes modestes aussi, & de ces visages qui rougissent aisément, & que i'ayme si fort. Là là remettez-vous, ie m'en vay vous laisser en paix: Quoy que

En si beau sujet de parler,
Le merite qu'on veut celer,
Souffre vne iniuste violence.

Au premier Liure que ie vous dédieray (car si ie vis, ie suis homme à vous en dédier encore:) I'espere que vous reconnoistrez, que mon style se sera fortifié par la lecture de quelques Epistoliers Modernes, que ie ne nomme point de peur de noise. Ie vous donne le bon soir, & suis de toute mon ame,

MESSIEVRS MES CHERS AMIS,

Vostre tres humble & tres-obeïssant seruiteur
SCARRON le Mesaigné.

TABLE DES PIECES BVRLESQVES De Mʀ SCARRON.

TABLE.

PRIVILEGE DV ROY.

LOVIS par la grace de Dieu, Roy de France & de Nauarre: A nos Amez & Feaux Conseillers, les Gens tenans nos Cours de Parlement, Maistres des Requestes ordinaires de nostre Hostel, Baillifs, Seneschaux, Preuosts, leurs Lieutenans, & tous nos autres Officiers qu'il appartiendra, Salut. Nostre cher & bien amé TOVSSAINCT QVINET Marchand Libraire de nostre bonne Ville de Paris, Nous a fait dire & remonstrer, qu'il luy a esté mis és mains vn Liure, intitulé *La relation veritable, de tout ce qui s'est passé en l'autre Monde, au combat des Parques & des Poëtes, sur la mort de Voitture*, auec quelques autres pieces Burlesques, le tout composé par le sieur SCARRON: Lequel il desireroit faire imprimer, s'il auoit sur ce nos Lettres necessaires ; requerant humblement icelles ; A CES CAVSES, desirant bien & fauorablement traitter ledit Exposant, NOUS luy auons permis & octroyé, permettons & octroyons par ces presentes, faire imprimer, vendre & distribuer en tels lieux, pays, terres & seigneuries de nostre obeïssance, que bon luy semblera, ledit Liure, par tels Imprimeurs qu'il voudra choisir, en tel volume & caractere qu'il desirera, durant le temps de cinq ans, à compter du iour qu'il sera acheué d'imprimer : Faisant defenses à toutes personnes de quelque qualité & condition qu'elles soient, de le faire imprimer, vendre & distribuer durãt ce temps, en aucun lieu de nostre obeïssance, sans le consentement & permission dudit Exposant, ou de ceux qui auront droit de luy, sur peine de confiscation des Exemplaires, trois mil liures d'amende, applicable vn tiers à Nous, vn tiers à l'Hostel-Dieu de nostre bonne Ville de Paris, & l'autre tiers audit Exposant, & de tous despens, dommages & interests enuers luy; A la charge de mettre deux Exemplaires dudit Liure en nostre Bibliotheque, auant que de l'exposer en vente, à peine de nullité des presentes. Du contenu desquelles, Nous voulons & vous mandons, que vous fassiez iouyr pleinement & paisiblement ledit Exposant, & ceux qui auront droit de luy, sans souffrir qu'il leur soit donné aucun trouble ny empeschement. VOVLONS aussi qu'en mettant à la fin ou au commencement dudit Liure vn extrait des presentes, elles soient tenuës pour deuëment signifiées, & que foy soit adioustée aux copies collationnées par l'vn de nos amez & feaux Conseillers & Secretaires, comme à l'Original. MANDONS au premier nostre Huissier ou Sergent sur ce requis, faire tous exploits necessaires, sans demander autre permission, nonobstant oppositions ou appellations quelconques, clameur de Haro, Chartre Normande, prise à partie, ny autres choses à ce contraires. CAR tel est nostre plaisir. DONNE' à Paris le 4. iour de Septembre l'An de grace mil six cens quarante-huit; Et de nostre Regne le sixiéme. Signé par le Roy en son Conseil, BERAUD. Et seellé.

Acheué d'imprimer pour la premiere fois, le dernier iour de Septembre 1648.

Les Exemplaires ont esté fournis.

VOICY LA

VOICY.

LA RELATION VERITABLE

De tout ce qui s'est passé en l'autre Monde, au combat des Parques & des Poëtes.

Sur la mort de VOITTVRE.

Par MR SCARRON.

PARQVES *vous auez fait des vostres,*
Celuy qui valloit tous les autres,
Que i'auois moy-mesme esleué,
Vous me l'auez donc enleué:
Vieilles gaupes, vieilles barbares,
Qui n'en voulez qu'aux hommes rares,

Et qui mettez dans l'Vniuers
La ſterilité des bons Vers:
Vous auez fait mourir Voitture,
Cette adorable creature.
Voitture qui fut ſi parfait,
Et vous penſez auoir bien fait,
Et vous auez fait pis que pendre,
Et les Muſes vous deuroient prendre,
Et venger deſſus vous le tort,
Que leur fait vne telle mort.
Vous auez fait mourir Voitture,
Cette adorable creature.
Voitture qui me fut ſi cher,
L'auez-vous fait pour me faſcher?
Vous ne me voulez pas reſpondre,
Vieilles que Dieu vueille confondre:
Et vous ſouſriez entre-vous.
Ha vrayment à force de coups,
Et ce ſeront coups d'eſtriuieres,
Ie vous apprendray Filandieres,
Que ie ne ſçay pas mieux harper,
Que ſur vieilles ſans dens fraper.
Apollon ayant dit ces choſes,
Tres-dignes des Metamorphoſes,

Il fit signe au cher Catullus,
Au bon Horace, à Tibullus,
A Marot son valet de chambre,
Puis leur mit à chacun vn membre,
Ou nerf de bœuf entre les mains,
Et leur dit: Sans estre inhumains,
Vous pouuez sur ces mal-faisantes
Exercer vos dextres sçauantes.
Non pas en leur faisant Rondeau,
Mais en déchiquetant leur peau.
Cà donc sous leurs cottes troussées
Que ces vieilles soient bien fessées,
Et dessus le ventre & par tout,
Enfin qu'on me les pousse à bout.
Les braues Autheurs s'auancerent,
Mais les Parques les repousserent:
Lachesis d'vn coup de fuzeau
Marqua Marot sur le muzeau:
Atropos d'vn coup de sa mulle
Donna grand soufflet à Catulle:
Cloton d'vn roüet à filer
Fit bien Tibulle destaler:
Horace qui craignoit la touche,
Ne les attaqua que de bouche,

Et leur dit tout ce qu'il y a
Dans l'Ode de Canidia.
Les Parques de cizeaux armées,
De ce bon ſuccez animées
Se ruerent ſur Apollon,
Et Cloton de ſon violon
Luy fit comme vne bourguignotte.
Le bon Dieu luy trouſſa la cotte,
Et deſſus ſes feſſes plaqua
Vn grand coup qui bien fort claqua.
Les Autheurs s'en mirent à rire,
Et Clement Marot oza dire,
Vieille Hou-hou, vieille Ha-ha,
Voſtre chien de feſſier en a.
Et la Parque dont la furie
S'augmenta par la raillerie,
Enfonça ie ne ſçay comment
Sa quenoüille en ſon fondement.
Il gaigna l'huis faiſant des eſſes,
Vne quenoüille entre les feſſes,
Tel qu'vn Hanneton quand au cu
Luy pendille vn brin de feſtu.
Maiſtre Apollon par ſa retraite
Crut ſa partie eſtre mal-faite.

Sans manchettes & ſans rabat
Catulle eſtoit hors de combat.
Horace non plus que Tibulle
Reſiſtance ne faiſoient nulle.
Il alloit donc quitter tout la,
Quand pour ſon grand bon-heur, voila
Marot deſquenoüillé qui rentre,
Qui luy remit le cœur au ventre.
Auec luy venoit ſaint-Gelais,
François Villon & Rabelais,
Plus laid que l'Amant de Siringue,
Qui tenoit en main la ſeringue,
Dont il donnoit des lauemens
A ſon maiſtre Eueſque du Mans.
Cette ſeringue eſtoit remplie
D'eau forte, noire comme ſuye.
Les Fileuſes il ſeringua,
Apollon les ſiens harangua:
Mais les Parques d'eux tous chargées,
Au lieu d'eſtre decouragées
Firent face de tous coſtez,
Leurs culs face à face ajuſtez.
Mais enfin leur manquoient les forces
Pour ioüer de cizeaux ou forces,

Et le foible cedoit au fort,
Quand le Destin ou bien le Sort,
Qui les Poëtes n'ayme guere,
Les vint attaquer par derriere,
Le Dieu qui ne s'en doutoit pas.
En recula deux ou trois pas:
Les Parques reprirent courage,
Et de combatre firent rage.
Ce Destin est vn Maistre Dieu,
Que l'on respecte en plus d'vn lieu.
Il n'est pas content des Poëtes,
Parce que dans leurs chansonnettes
Ils se plaignent fort du Destin,
Qu'ils appellent souuent lutin,
Comme aussi de la destinée,
Qu'ils disent contre eux acharnée.
Pour cela ce Destin ou Sort
Les tient pauures iusqu'à la mort,
Et n'a pour eux qu'vn cœur de roche.
Outre qu'il est parent bien proche
Des Parques, comme l'ont conté
Gens qui sçauent la parenté.
Les choses estoient en ces termes,
Les deux partis constans & fermes,

A donner comme à receuoir,
N'estoient pas mal plaisans à voir.
Les Parques fort bien combatirent,
Et iamais Parques mieux ne firent:
Apollon tres-bien combatit,
Et iamais ce Dieu mieux ne fit.
Des Autheurs ie n'ose rien dire,
Les vns sauf l'honneur de la lyre,
Firent tres-mal, autres tres-bien,
Les autres vn peu plus que rien.
Cela veut dire quelque chose,
Quand de ce different la cause
Voitture cét aimable esprit
Ie ne sçay pas comment apprit,
Que pour luy Parques & Poëtes
S'entr-ensanglantoient leurs mains nettes.
Comme il eut toûjours l'esprit doux,
Exempt de tout mortel courroux,
Il ne pût apprendre sans larmes,
Qu'il fust cause de ce fait d'armes.
Il courut donc à Iupiter
Dire qu'il eust à se haster,
Autrement que la Parquerie,
Et toute la Poëterie

S'en alloient par des coups fourrez
Deuenir corps défigurez.
Ce Dieu ne prit pas son tonnerre,
N'allant pas pour faire la guerre,
Ny pour mortel foudrifier:
Il crut que pour pacifier,
Autant Parques comme Poëtes,
Vn foüet garny de sonnettes
Estoit vn baston suffisant.
En cét équipage plaisant
Il alla donc vers la meslée,
Qui s'estoit bien renouuellée:
Force gens auoient pris party,
Et le Ciel estoit my-party,
Les Gorgones & les Furies,
Qui sont dans les œuures fleuries
Des Poëtes vieux & nouueaux,
Peintes à crins de serpenteaux,
S'estoient aux Muses opposées,
Lesquelles bien scandalisées:
De voir trop tost dans le tombeau
Homme, dont l'esprit fut si beau,
Estoient à ce combat venuës,
Ainsi qu'Amazones vestuës,

Pour

Pour ſecourir leur gouuerneur
En Muſes de bien & d'honneur.
Outre les armes offenſiues
Elles auoient les defenſiues.
L'vne auoit vn bon halecret,
Et l'autre vn ioly cabacet.
L'vne vn Thirſe & l'autre vne pique:
Toutes ces armes à l'antique
De plus chacune vn arc Turquois,
Et des fléches plein vn carquois.
Enfin ces filles renommées
Vinrent là iuſqu'aux dens armées.
Vous m'allez dire aſſurément,
Où prendre tout cét armement?
Puis qu'il faut que ie vous le die,
C'eſt pour joüer la Comedie,
Quand il eſt feſte au firmament,
Et pour cela ſoigneuſement
Tous ces baſtons elles conſeruent,
Qui d'autre choſe ne leur ſeruent.
Mais pour rien moins que pour cela
Elles les prirent ce jour-là.
Iupiter fit mauuaiſe mine,
Voyant cette guerre inteſtine,

Et ie gagerois bien qu'il fit
Grand peur à quiconque le vit
Du foüet garny de sonnettes,
Sur les Parques, sur les Poëtes,
Sur les Muses, sur le Destin,
Sur les Dames au vilain crin,
Ce sont les horribles Gorgones
Et les Eumenides felones;
Excepté sur maistre Apollon,
Qu'il nomma pourtant violon,
Il fit vne rude décharge,
Qui luy fit faire bien-tost large.
De respect, ou de peur des coups,
Chacun deuant luy fila doux.
Puis il voulut sçauoir la chose,
Et qui du mal estoit la cause.
Apollon pour préocuper,
Sire, on ne deuoit pas couper,
Dit-il, la trame de Voitture,
Si rare en versificature,
Et qui n'estoit pas si cassé,
Qu'on ne s'en fust fort bien passé.
Meslez-vous de vostre Parnasse,
Et que chacun son mestier fasse;

Dit Cloton, nous auons coupé
Le fil d'vn homme bien huppé,
Pour venir quereller les Parques,
Qui coupent bien ceux des Monarques.
Ha vrayment Messire Apollon,
Vous estes vn bon violon;
Et vous & vos pedantes Muses,
En vertu de vos cornemuses,
Et de vostre art de bien jaser,
Pensez-vous immortaliser,
Et faire eternellement viure
Vn homme aussi bien que son Liure?
Vous y perdrez vostre Latin:
Par nostre maistre le Destin
Les trames nous sont mesurées,
Si tost qu'elles sont expirées,
Auec vn beau coup de cizeau,
Crac, le voila dans le tombeau,
Quel qu'il soit, fust-il à Voitture
Comparable en bonne escriture;
Ainsi parla Dame Cloton.
Apollon pour prendre son ton,
Et pour ne pas haranguer rude,
Fit entre ses dents vn prelude,

Puis apres s'estant auancé,
Le visage vn peu courroucé,
Comme il pensoit ouurir la bouche,
Le grand Iupin d'vn œil farouche
Le regarda si fierement,
Que le pauuret facilement
Oublia ce qu'il vouloit dire.
Tout le monde s'en prit à rire,
Et sur tous les faiseurs de Vers;
Mais autre regard de trauers,
A toute la troupe rieuse
Fit prendre mine serieuse.
Puis rigide comme vn Caton,
Et branslant le maistre baston,
(Ce baston garny de sonnettes,
Que les Parques & les Poëtes
Regarderent auec respect)
Fit sortir de son diuin bec,
Telles & semblables paroles.
Iamais les entreprises foles
N'apportent aux entrepreneurs
Que des affronts & deshonneurs.
Si ce que ie dis quelqu'vn touche,
Quiconque est le morueux, se mouche,

Et ne faſſe plus le méchant,
Il n'en ſeroit pas bon marchant.
Qui ſçait mieux que moy que Voitture
Fut vne aimable creature?
Il eſt mort; il eſtoit mortel,
Comme ſous les Cieux tout eſt tel.
On me dira, c'eſt grand dommage.
C'eſt peut-eſtre ſon aduantage.
Peut-eſtre mourant plus caßé,
Ne fuſt-il pas mort bien ſensé.
I'ay veu tel bel eſprit en herbe,
Pour eſtre trop tard mis en gerbe,
Perdre ſon bel eſprit tout net,
Teſmoin le petit Francinet.
Certes Voitture fut vn homme
Digne de Paris & de Rome.
Ce fut vn eſprit excellent,
Qui n'a rien fait que de gallant;
Et ie feray que ſes ouurages
Seront fameux dans tous les âges.
Vn certain homme qui n'eſt pas
De ces malheureux eſprits bas,
Qui ne ſont iamais que copies,
Comme ſont Sanſonnets & Pies,

Oyseaux d'vn naturel voleur,
Et qui ne chantent rien du leur.
Cet homme donc rare & celebre,
A fait vne pompe funebre,
Laquelle, s'il la met au iour,
Rauira la Ville & la Cour.
Autrefois pour railler Voitture,
On dit adieu la Voitture,
Comme on dit le grand Pan est mort,
Quand vn trespas importe fort.
Ie veux abolir la Voitture,
Qu'on dise au lieu de Pan, Voitture.
Quiconque ne le fera pas,
Sera puny d'vn prompt trespas.
Certes le renom de Voitture,
Cette adorable creature,
Autant que le monde viura,
Ou Iupiter ne le pourra.
Cà donc pour commencer la chose,
Que chacun, non à bouche close,
Mais crie ainsi que moy bien fort,
Voitture est mort, Voitture est mort.
Les Dieux, Parques, Muses, Poëtes
N'eurent pas les bouches muetes,

Chacun cria & recria,
Et plus d'vn d'eux s'en enroüa.
Voitture seul par modestie
Ne tint pas aussi sa partie:
Quoy que rauy de tant d'honneur,
Tandis que dura la clameur,
Il eut comme vn homme bien sage,
Rouge pudeur sur le visage,
Et cria, les yeux abbaissez,
Monsieur Iupiter c'est assez.
Voila comme finit la guerre,
Puis apres le lance-tonnerre
Fit les deux partis embrasser,
Enuoya les blessez penser,
Fit rendre les fuseaux aux Parques,
Et les Auteurs portans leurs marques,
Suiuirent leur maistre Apollon,
Bien fâché de son violon,
Et de ce que son entreprise
N'auoit pas esté si bien prise,
Qu'il se l'estoit imaginé.
Mais comme bien moriginé,
Il ne remua pas l'affaire,
Voyant qu'il n'y pouuoit rien faire.

Et i'ay ſceu depuis peu de temps,
Qu'ils ont depuis veſcu contens,
Et que le bien-heureux Voitture
Eſt au Ciel en bonne poſture,
Et bien mieux qu'il n'eſtoit icy,
Dieu vueille que i'y ſois auſſi.

Amen.

INVOCATION AVX MVSES, SVR LA PRISE DE TORTOSE, PAR MONSEIGNEVR LE MARESCHAL DE SCHOMBERG.

O MVSES, c'est vous que ie
cherche,
I'ay besoin de vostre secours,
Laissez pour vn temps sur la perche
Vos vestemens de tous les iours:

C

Venez à moy toutes parées,
Non pas en faiſeuſes de Vers,
Auec vn bonnet de trauers,
Et des manchettes déchirées ;
Ou comme des meneuſes d'Ours :
Mais auec vos plus beaux atours,
Et n'oubliez pas ſur vos teſtes
Ces grands chaperons de velours,
Auſſi releuez que des creſtes,
Qui ne ſeruent qu'aux grandes feſtes.

Quand vous ſçaurez pour quelle af-
Ie montre tant d'empreſſement, (faire
Voſtre troupe m'en fera faire
Pour le moins vn remerciment.
Mais peut-eſtre les canonades,
Le bruit des guerrieres aubades,
Le ſon des cloches & les cris
Qui retentiſſent dans Paris,
Vous ont appris deſia la choſe,
Et comme l'on a pris Tortoſe.
Car c'eſt pour cette ſeule cauſe

Que ie vous fais venir icy.
Mais vous a-t'on appris aussi
Le nom de ce merueilleux homme,
Qui force les villes ainsi?
Ou faut-il que ie vous le nomme?

C'est Schõberg, & c'est tout vous dire,
Qui mesme est de vos Nourrissons,
Qui quand il veut fait des chansons,
Que tout vostre Parnasse admire.
C'est Schomberg, de qui Cerbelon
Aprit à iouër du talon;
Ie ne puis en parler sans rire:
Il pensoit le fier Bazané,
Que contre vn camp bastioné,
Son incomparable aduersaire
Ne feroit que l'eau toute claire.
Mais alors qu'il vit le contraire,
Ie croy qu'il fut bien estonné.

La pauure Laucate assiegée,
Mais assiegée estroitement,
Ne pouuoit pas humainement
S'empescher d'estre saccagée.
Nostre Mars vint, vit, & vainquit,
Et le camp ennemy conquit,
Non par vne victoire aisée:
Pour déméler cette fusée,
Qu'il eut de coups, qu'il en donna,
Que de gens il desarçonna,
Qui sur luy prirent leur visée,
Et que sa mine en estonna,
Qui deuant que sentir ses armes,
Comme frapez de quelques charmes,
Ou gens qui tombent du haut mal,
Cheurent aux pieds de son cheual.

Mais pourquoy vous dire vne chose,
Que vous ne sçauez que trop bien,

Ny meſme parler de Tortoſe?
L'Hiſtoire n'en oublira rien.
Toute la terre eſt deſia pleine
Du nom de ce grand Capitaine.
Et cette derniere action,
Qui plus que le ſoleil éclaire,
Eſt comme ce grand luminaire,
Connuë à chaque nation.
Sans en faire donc mention,
Tout ce que vous auez à faire,

C'eſt de chanter au ſon du Luth
Cette action toute heroïque,
En bon, Vt, ré, mi, fa, ſol, vt,
C'eſt à dire bonne Muſique.
Ioignez-y le Pſalterion,
Le Claueſſin, & la Guiterre,
L'Orgue, & le Manichordion,
Meſme les inſtruments de guerre.
I'ay fagotté pour cet effect
Vne Ode, quoy que telle quelle,
Et composée à la chandelle,

Qui passera pourtant pour belle,
Pourueu qu'on vueille iuger d'elle
Par l'excellence du sujet,
Et par la chaleur de mon zele.

Mais Pucelles incomparables,
Dites-moy, trouuerez vous bon,
Si parmy vos voix admirables
Ie mesle ma voix de chapon?
Ie feray quelque discordance,
Mais ie ne suis pas le premier
De ceux qui chantent faux en France
Et ne seray pas le dernier.
Cà, chantons donc à toute outrance,
En si beau sujet de chanter,
Se taire est vne impertinence.
Mais; ô quelle réioüissance!
Si ie pouuois aussi sauter,
Fust-ce sans mesure & cadence.

CHORVS DES MVSES A MONSEIGNEVR DE SCHOMBERG.

QVe vous ayez sauué Laucate,
Action qui par tout éclatte,
On ne s'en estonne pas fort:
Ny que vous ayez pris Tortose;
Car auoir conquis Hautefort,
Est sans doute toute autre chose.

Ce sont deux filles immortelles,
Que ces deux victoires si belles,
Et chacun vous estime fort,
Et pour Laucate, & pour Tortose;
Donnez un fils à Hautefort,
Et vous ferez toute autre chose.

S'il a la beauté de sa Mere,
L'extreme valeur de son Pere,
La mine & l'esprit de tous deux;
Apres Laucate, apres Tortose,
Donner un fils semblable aux Dieux,
Peut-on souhaitter autre chose?

SCARRON.

EPISTRE A MADAME LA COMTESSE DE FIESQVE,

Pour auoir vne Chienne qu'elle luy auoit promis.

Diuine Comtesse de Fiesque,
Le petit Poëte Burlesque
Attend vn chien de vostre part:
Mais au lieu d'en auoir sa part,
S'il n'a qu'vne deffaite seiche,
I'ay peur que son esprit de meiche,
Qui s'eschauffe souuent pour peu,
Pour son malheur ne prenne feu.

Il aymera vostre Espagneule,
Autant & plus que sa filleule,
Croyez-le puis qu'il vous le dit,
Il la fera peindre en petit.
Il luy destine vne parente,
Pour luy seruir de gouuernante,
Qu'il fera venir tout exprés
Par le coche à beaucoup de frais.
Deux chiens sans queuë & sans oreilles,
Qui sçauent saulter à merueilles,
Pour le Roy Louis de Bourbon,
Et pour le Roy d'Espagne non:
Luy monstreront mille souplesses,
Mille sauts, mille gentillesses.
Ils sont chiens de bonne maison,
Et qui mesme ont quelque raison.
De plus elle aura pour soubrette
Vne fort honneste barbette,
Et pour Lacquais vn petit chien,
Qui tourne la broche fort bien.
Enfin ie la tiendray si leste,
Que la Canicule celeste,
Comme tous chiens sont enuieux,
En enragera dans les Cieux.

Le chien du bon fils de Tobie,
S'il viuoit en mourroit d'enuie:
Ou dans Paris point n'en ſera,
Ou jaſmin le parfumera,
Depuis le ſommet de la teſte,
Iuſqu'où les chiens s'entre-font feſte.
Or voila tout ce que ie puis
Vous dire, begue que ie ſuis:
Voila Comteſſe magnifique,
Tout ce que i'ay de Rhetorique.
Vous m'auez promis vn Toutou,
Ie croy que i'en deuiendray fou.
Si vous me manquez de parole,
Ie diray que ma teſte fole
Aura crû trop facilement
Femme de Cour qui ſouuent ment.
Mais i'allonge vn peu trop mon conte,
Comteſſe dont ie fais grand compte,
Ayez touſiours l'eſprit content,
Et touſiours de l'argent comptant:
Et voſtre mary le grand Comte,
Dont touſiours tant de bien ie conte,
Puiſſiez-vous tous deux dans cent ans
Conter contes à vos enfans.

Mais ne ſaites plus de femelles,
Faites des enfans ſans mamelles,
Les garçons valent beaucoup mieux,
Ils ne piſſent iamais ſous eux,
Ils piſſent contre la muraille,
Vous en ferez de belle taille.
Excuſez ce diſcours hardy.
De noſtre Chaiſe apres midy,
L'an que le ſieur de Benſerade
N'alla point en ſon Ambaſſade.

ROGATVM,

A MESSIEVRS TVBEVF, LIONNE ET BERTILLAC,

Pour estre payé de sa pension.

BRaue Tubeuf, braue Lionne,
En qui toute vertu foisonne:
Braue Bertillac Tresorier,
Qui ne te fais long-temps prier.
Nobles Messieurs, sans vous l'apprendre,
Il vous est aisé de comprendre,
Que ces petits Vers mal polis
Ne sont pas Stances pour Filis.
Ils ne sont que l'humble priere
D'vn homme voisin de la biere:

Mais qui deuant que s'y gister,
A besoin de s'alimenter.
Nostre tres-charitable Reine,
A laquelle ie suis sans peine,
Tres-humble & tres, & cætera,
De laquelle le nom viura,
Dans la bouche de tous les hommes,
Tant de ceux du siecle où nous sommes,
Que de ceux du siecle à venir.
Cette Reine qu'on doit benir
Quatre fois durant quatre années,
M'a quinze cens liures données.
C'est icy la cinquiéme fois,
Par l'ordre & les mains de vous trois,
Que cette adorable Personne
La pareille somme m'ordonne.
Si bien que Lionne ordonnant,
Tubeuf l'ordonnance signant,
Bertillac deliurant la somme,
Ie me verray de tres-pauure homme,
Plus riche de cinq cens escus.
Mes creanciers ne viendront plus
M'importuner de faire montre:
Ces gens de mauuaise rencontre,

Estiment bien moins vn quadrain,
Qu'vne medaille de Varain:
Vn bout rimé, quoy qu'à la mode,
Des Stances, vn Sonnet, vne Ode,
Ne les peuuent iamais flechir,
Et contre eux ne font que blanchir.
Mais c'est trop parler de ces traistres.
Ce consideré, mes chers Maistres,
Et que le siecle est indigent,
Que chacun a besoin d'argent;
Qu'en obtenir est chose vtile,
En refuser chose facile,
En donner tres-noblement fait.
Ne me retardez point l'effet
De la charité de la Reine,
Non pas que i'en vaille la peine.
Ie vous confesse que de moy,
Ie ne vaux pas l'eau que ie boy
Mais le Dieu qui les bons guerdonne,
Sans doute vous la rendra bonne;
Si bonne vous me la donnez,
Si promptement vous ordonnez,
Et qu'apres la prompte ordonnance,
Vne plus prompte deliurance

Me mette l'esprit en repos.
Il seroit sans doute à propos,
Que mon visage ie montrasse,
Et que chez vous ie m'en allasse
Solliciter mon payement:
Ie le ferois tres-gayement,
Et mesme i'en ay quelque enuie:
Mais i'ay fait vœu durant ma vie
De ne marcher beaucoup ny peu.
Laissez-moy donc garder mon vœu,
Nostre Muse desaffamée,
Fera que vostre renommée
Gallopera par l'Vniuers
Sur le dos de mes petits Vers.
Vostre nom graué dans le bronze,
Il me faut la rime de Bonze,
Et l'on n'en trouue qu'au Iapon.
Mettons, si vous le trouuez bon,
Au lieu de bronze, airain ou cuiure.
Ie feray donc vos trois noms viure
Dans quelqu'vn de ces durs metaux;
Les Sauuages Occidentaux,
Ceux deuant lesquels l'œil du monde
Peigne sa cheuelure blonde;

Ceux

Ceux qui bruſlent vers le Midy,
Ceux à qui le Nord engourdy,
Rend en tout temps les mains jerſées,
Qui marchent ſur les Mers glacées,
Bref, les Abiſſins, les Lapons,
Les Ameriquains, les Iapons;
Enfin par tout où gens demeurent,
Si mes Vers en chemin ne meurent:
En reuanche du payement,
(De ce ne doutez nullement)
On ſçaura quelles gens vous eſtes.
Ainſi promettent les Poëtes.
Et cela vaut bien de l'argent:
Mais foy de Poëte indigent,
Ce que tous les Autheurs demandent,
Vaut beaucoup mieux que ce qu'ils rendent.
Les eſcus ſont touſiours eſcus,
Les Vers deuiennent torche-cus.
Si l'on ne payoit point les Muſes,
Elles deuiendroient bien camuſes,
On ne feroit plus Rogatums,
On n'imprimeroit que Factums,

Courbé, Quinet & Sommauille,
Finiroient leur guerre ciuille,
Et ne s'entreplaideroient plus
Pour Cassandre ou l'Heraclius.
Tel Autheur va bien à son aise,
En carosse, cheual ou chaise,
Qui seroit reduit à son pié,
Fust-il Autheur estropié.
Sans ma pension de la Reyne,
Ie ne pourrois qu'à grande peine
Me nourrir, & les hommes fors,
Qui transportent mon chien de corps,
Asseurément Muse affamée
Ayme mieux or que renomée,
Laquelle ne fait rien qu'enfler.
Le sansonnet tasche à siffler,
Plustost pour manger que pour plaire,
La recompense fait bien faire.
Si mon pere m'eust fait coëffé,
Et qu'il eust moins philosophé,
Il eust amassé dauantage.
Pour moy qui ne suis pas si sage,

I'aurois brigué le Conſulat,
Et laiſſé là l'Apoſtolat:
Mais minuit qui ſonne aux Minimes,
Vous va deliurer de mes rimes;
Deliurez-moy bien-toſt auſſi
Cinq cens eſcus, & grand mercy.

SCARRON.

A MONSIEVR DV LAVRANT,

RECOMMANDATION.

Sçauant Conseiller des Requestes,
Où l'on voit tant de bonnes testes,
Et tant de Iuges, ce dit-on,
Dont le moindre vaut vn Caton:
(Bon-heur en quoy certes ie fonde
L'espoir qui me reste en ce monde)
Vous voyez, sage du Laurant,
Qu'vn mal, iour & nuit empirant,
Et belle-mere encore pire,
M'empeschent iour & nuit de rire;

Vous voyez que feu mon papa,
Vn bon homme qu'elle pipa,
Dans lettre de ſa main eſcritte,
Reconnoit que cette hypocrite
Aymoit beaucoup le quart-d'eſcu:
Et ſi le bon homme eût veſcu,
Qu'il eût frappé ſur la maraſtre,
Comme l'on fait deſſus du plaſtre,
C'eſt à dire roüer de coups;
Pourquoy donc ne nous iugez-vous?
Nulle faueur ie ne demande,
Pardonnez-moy ſi i'apprehende,
(Quoy que vous ſoyez plein d'honneur)
Que le procez tire en longueur.
Voicy la quatrieſme année,
Que ma carcaſſe decharnée
Sans la Reyne mourroit de faim,
Me refuſerez-vous du pain?
Souffrirez-vous qu'vne Donzelle,
Et qu'vn Procureur digne d'elle,
Tous deux vrais Diables en procez,
Se diſent maiſtres du ſuccez
D'vne affaire que l'auarice,
Et la chicane, & l'artifice,

Font durer depuis ſi long-temps,
Malgré les Iuges & leurs dens?
Cét homme, dont l'ame eſt plus noire
Que l'ancre de ſon écritoire,
Iure que deuant mon treſpas
Le procez ne finira pas.
Que penſe-ton que ie deuienne,
Quels diſcours veut-on que ie tienne,
Si ce procez long à iuger
Ne me laiſſe de quoy manger?
Qu'vn Iuge ſoit incorruptible,
Point auare, point ſuſceptible
De iuger auec paſſion,
S'il eſt en l'expedition
Sujet à quelque negligence:
N'en déplaiſe à iuriſprudence,
Il eſt pis qu'vn intereſſé,
Qui iuge au moins eſtant graiſſé,
Où celuy qui ſe croit integre
De ſon viſage de vinaigre,
Et de ſon iniuſte longueur
Fait mourir les gens de langueur.
Cela n'eſt pas de vous à craindre,
Et de vous on ne ſe peut plaindre,

Vous iugez auec équité,
Par vous le pauure est écouté,
De mesme façon que le riche,
D'audience vous n'estes chiche:
Aussi Dieu ne vous le sera,
Tousiours il vous écoutera,
Quand vous ferez vos patenôtres:
Il fait comme l'on fait aux autres,
Et pour vn, rend pour le moins cent
Au protecteur de l'innocent.

EPITAPHE,

Sur vne Dame qui mourut constipée.

CY gist qui se plut tant à prendre,
Et qui l'auoit si bien appris,
Qu'elle aima mieux mourir que rendre
Vn remede qu'elle auoit pris.

EPIGRAMME,

Contre vne Chicaneuſe.

GRand nez digne d'vn camouflet,
Belle au poil de couleur d'orange,
Maſchoire à receuoir ſoufflet,
Portrait de quelque mauuais Ange:

Face large d'vn pied de Roy,
Gros yeux à la prunelle griſe,
Tu veux donc plaider contre moy
Iuſques à manger ta chemiſe?

Ah ſi tu gardes ton ſerment,
Soit que ie gagne ou que ie perde,
Que i'auray de contentement
De te voir manger tant de merde!

A MADEMOI-

A MADEMOISELLE DE LEVVILLE,

Sur vne visite que luy rendit Madame de Villarceaux, & Madame de la Baziniere.

EPISTRE.

IE vous escris pour vous remercier
Du grand honneur que par vous i'eus hier,
Lors que ie vis ma chambre mal meublée,
Qui n'esperoit vne telle assemblée,

Pleine de gens triez sur le volet:
Cela surprit vostre petit valet,
Qui n'eust manqué d'amender sa figure,
S'il eust preueu cette bonne auanture:
Eust fait razer son visage barbu,
Et fariner son chef de graisse imbu.
Et s'il eust peu faire dresser sa teste,
Qu'il porte vn peu, dit-on, comme vne beste,
Quand on eust deu luy démettre le cou,
(Mais c'eust esté pourtant vn tour de fou.)
Ie croy qu'il eût prié quelque homme adextre
De la tourner vers le costé senestre.
En ce faisant il eust veu pleinement
Dame de tous aymée infiniment,
Qui de luy fut tousiours tant estimée,
Et dont si bien parle la renommée.
C'est vostre sœur, Dame de Villarceau,
De qui l'esprit est sage, bon & beau,
Et tel enfin que l'illustre personne,
Pour qui tousiours ma castagnette sonne,
Et sonnera tousiours comme deuant,
Dedans le sien l'a logé bien auant.
Las ie ne pus la voir bien à mon aise,
Car elle estoit à costé de ma chaise:

Mais ie vis bien à gogo, comme on dit,
Celle de qui tant de rumeur on fit,
Quand elle fut des filles de la Reyne,
Et qu'on peignit par tout en Magdeleine.
Il n'en est pas comme elle en quantité,
Et l'on ne peut, à moins qu'estre hebeté,
N'accorder pas que sans vne riuiere,
Paris seroit bien-tost vn Cimetiere:
Et que ses yeux le mettroient tout en feu,
N'estoit que l'eau le rafraichit vn peu.
Bien pointus sont les traits que son œil darde,
Malheur à qui sans parer les regarde.
Malheur à qui les regarde vn peu trop;
Et si son nom va par tout le galop,
Il ne faut pas trouuer la chose estrange,
On ne sçauroit trop parler d'vn tel Ange:
On ne sçauroit dire tout ce qu'il faut,
De la diuine & belle Chemeraut.
Pour moy ie tiens cette belle personne,
Aux malheureux tres-pitoyable & bonne:
Et ie vis bien que ie luy fis pitié,
Ie l'en estime & plus de la moitié,
Que ie n'ay fait auant que la connestre.
Heureux celuy que le Ciel a fait naistre

Pour telle Dame, & qu'il eſt vray que Dieu,
Quand il la fit, prit plaiſir à ſon jeu.
I'ay fait ces Vers ce matin à la haſte.
Mais ce n'eſt pas d'auiourd'huy que i'en gaſte.
Si vous trouuez que tout n'en vaille rien,
Vous en ferez ce que vous ſçauez bien.
Ils ſeront mieux que s'ils couroient la ville.
Et cependant, belle & ſage Leuuille,
Qui ne voulez pour des Vers enfanter,
Qu'autant de temps qu'il faut pour les dicter:
Ne doutez point qu'autant qu'à pas-vn autre,
Le pauure Autheur de ces Vers ne ſoit voſtre.

EPIGRAMME.

IE vous ay priſe pour vne autre,
Dieu garde tout homme de bien,
D'vn eſprit fait comme le voſtre,
Et d'vn corps fait comme le mien.

SONNET OV EPITAPHE.

CY gist qui fut de bonne taille,
Qui sçauoit danser & chanter,
Faisoit des Vers vaille que vaille,
Et les sçauoit bien reciter.

Sa race auoit quelque antiquaille,
Et pouuoit des Heros compter,
Mesme il auroit donné bataille,
S'il en auoit voulu taster.

Il parloit ſort bien de la Guerre,
Des Cieux, du Globe, de la Terre,
Du droit Ciuil & droit Canon.

Et connoiſſoit aſſez les choſes
Par leurs effets & par leurs cauſes,
Eſtoit-il honneſte homme? ha non.

COVRANTE.

ADieu belle Cloris,
Il faut parler François;
Apres quatre ou cinq mois
Vous pretendez me payer d'vn sousris.
Ha ce n'est pas ainsi que l'on vit à Paris.
Parlez, car si ie sors,
Ouurez ou fermez vostre porte;
Il ne m'importe,
Ie seray dehors:
Et ie veux bien,
Que le Diable m'emporte,
Si cela fait, vous m'estes iamais rien.

Me

Me venir rire au nez
Est vn petit present,
Qui n'est pas suffisant
De radoucir mes esprits mutinez,
Durant quatre ou cinq mois vn peu trop mal menez.
Ie veux absolument,
Qu'on ferme iour & nuit la porte,
Et qu'on ne sorte
Que tres-rarement;
Car ie sçay bien,
Ou le Diable m'emporte,
Si vous sortez, que ie ne tien plus rien.

COVRANTE.

IE vous ay donné des bijoux,
Collet, robe & iupe:
Enfin iamais dupe
N'a tant fait pour vous:
Monsieur vostre frere
A fait de grands repas,
Vos sœurs & vostre mere,
Ont eu de bons ducats,
Que ie ne compte pas.

Ie vous ay promenée aux champs,
Souuent à ma porte,
Soit que i'entre ou ſorte,
Ie voy vos Marchans,
Pour porter à l'aiſe
Voſtre aymable Cu.
Tous les iours vne chaiſe
Couſte vn bel eſcu
A moy pauure Cocu.

IMPRECATIONS
Contre celuy qui luy a pris ſon Iuuenal.

S'Il eſtoit au fonds d'vn canal,
Le larron de mon Iuuenal,
Iuſqu'à tant que ie l'en tiraſſe:
Ie ne croy pas que i'en pleuraſſe,
Ny ſi ie le voyois vn iour,
Par deux vers bourreaux tour à tour,
Accablé de coups d'eſtriuieres,
Ie ne m'en affligerois gueres.
Il eſt bien laſche le larron,
De voler le pauure Scarron:

Euſt-il au bout du nez vn froncle.
Et que dira Monſieur mon oncle,
A qui le Liure appartenoit?
Si le mal ſainct Main le prenoit,
Ou quelque choſe encore pire,
Si l'on luy defendoit de rire,
A peine d'eſtre flagellé;
Ou bien ſi pour auoir volé,
On le conduiſoit cette année
Vers la mer Mediterranée.
S'il luy venoit du mal au cu,
S'il pouuoit deuenir cocu,
Eſpouſant vne gourgandine:
S'il ſe pouuoit courber l'eſchine,
Comme moy petit à petit;
S'il pouuoit perdre l'appetit;
S'il rotoit à chaque parolle,
S'il auoit ſué la verolle,
Et n'en eſtoit pas bien guery;
Si pour auoir le nez pourry,
Chacun éuitoit ſa rencontre:
S'il voloit vn iour quelque montre,
Laquelle ſe miſt à ſonner,
Et qu'on l'en daignaſt baſtonner.

Si Dieu luy donnoit vn beau-pere,
Ou plustost vne belle-mere;
S'il auoit tousiours le malheur,
De trouuer quelque grand parleur;
S,il perdoit tout son bien aux cartes,
S'il luy venoit quatre ou cinq dartes;
S'il ne faisoit que se fascher,
S'il auoit peine à bien mascher,
Faute de dents en la genciue;
S'il faisoit voler sa saliue
Au nez de ceux qu'il entretient:
Si comme à voleur appartient,
On luy mettoit sur les espaules
Les armes du grand Roy des Gaules;
Si l'on le taxoit comme aisé,
Le Turc qui m'a deualisé:
S'il auoit aux yeux la chassie,
Si quelque pierre en la vessie
Luy pouuoit boucher l'vrinal,
Ce larron de mon Iuuenal.
S'il auoit l'haleine importune,
Comme d'vn homme qui petune;
Ou s'il estoit plus mal voulu,
Celuy qui mon Liure a tollu,

Que n'eſt depuis peu l'Intendance
Dans toutes les Villes de France:
Enfin s'il eſtoit comme moy.
Mais ce ſeroit trop ſur ma foy,
Et cette derniere penſée
A toute ma haine chaſſée.
Qu'il garde donc mon Iuuenal,
Sans qu'il en ait ny bien ny mal.
Mais que iamais il n'y reuienne,
Et qu'au Iuuenal il ſe tienne;
Car s'il y penſe reuenir,
Ie ne me pourray pas tenir
De le roüer comme vn Dufreſne,
Ou du moins le mettre à la chaiſne,
Et ſans eſpargner ſon renom,
De publier par tout ſon nom.

FIN.

www.ingramcontent.com/pod-product-compliance
Ingram Content Group UK Ltd.
Pitfield, Milton Keynes, MK11 3LW, UK
UKHW031936260826
14628UKWH00004B/1660

9 782019 692551